Originaltitel: This and That
Magi Publications, 55 Crowland Avenue,
Hayes, Middx UB3 4JP, England

Für die deutschsprachige Ausgabe:

Übersetzung: Irmtraut Wittenburg
Druck und Bindung: Grafiche AZ, Verona

Printed in Italy

ISBN 3-8150-1156-6

DIES und DAS

Von Julie Sykes

Illustriert von Tanya Linch

SAATKORN

An diesem schönen Morgen wachte Minka
früh auf. Es war ein besonderer Tag,
und sie hatte viel zu tun.

Hannibal, das Pferd, graste auf der Weide,
als Minka auf den Zaun sprang.

„Hallo, Pferd!“ miaute Minka. „Kannst du mir deinen Stall leihen?“
Hannibal brauchte seinen Stall im Sommer nie,
weil er viel lieber draußen schlief.
Also wieherte er: „Ja!
Aber wozu brauchst du ihn?“
„Für dies und das“,
schnurrte Minka.

Charlotte, das Schwein, hatte sich tief ins Stroh eingekuschelt,
als Minka an ihrem Stall vorbei kam.

„Hallo, Charlotte“, miaute Minka.
„Kann ich etwas von deinem Stroh haben?“
Der Bauer hatte den Stall gerade frisch ausgelegt.
Es war also reichlich Stroh da.
„Bediene dich einfach“, grunzte Charlotte.
„Wozu brauchst du es?“
„Für dies und das“, schnurrte Minka.

Zora, die Ziege, spielte gerade auf dem Hof,
als Minka an ihr Gatter schlich.

„Hallo, Ziege“, miaute Minka.
„Gibst du mir ein bißchen Heu ab?“
Zora fraß nie Heu, wenn im Sommer
frisches, saftiges Gras auf der Wiese stand.
„Wenn du willst“, meckerte sie.
„Aber wozu brauchst du Heu?“
„Für dies und das“, schnurrte Minka.

Kuschel, das Schaf, schlief gerade
unter einem schattigen Baum,
als Minka auf einen Zweig kletterte.

„Hallo, Schaf“, rief Minka. „Gibst du mir ein bißchen von deiner kuscheligen Wolle?“ Kuschel hatte einen dicken, weißen Mantel an, in dem das Schaf furchtbar schwitzte. „Natürlich!“ blökte Kuschel. „Aber was willst du denn damit?“ „Dies und das!“ schnurrte Minka.

Die Henne Hertha pickte gerade Körner auf, als Minka auf das Dach des Hühnerhauses hüpfte.

„Hallo, Henne!“
miaute Minka.
„Kann ich einige deiner
plusterigen Federn haben?“
Hertha unterbrach ihr
Picken und schaute Minka
neugierig an.
„Gern“, antwortete sie.
„Aber wozu brauchst du
meine Federn?“
„Für dies und das!“
schnurrte Minka.

Kleopatra, die Kuh, trank aus dem Fluß,
als Minka sich zu ihr ans Ufer gesellte.

„Hallo, Kuh!“ miaute Minka. „Hast du ein paar von deinen weichen Schwanzhaaren für mich übrig?“
Kleopatra hatte einen langen Schwanz mit einer haarigen Spitze. Damit verscheuchte sie die aufdringlichen Fliegen.
„Na klar!“ muhte sie gemächlich. „Aber was machst du damit?“
„Dies und das!“ schnurrte Minka.

Der Esel Elimar suchte die Wiese nach Disteln ab,
als Minka auf seinen Rücken sprang.

„Hallo, Esel“, miaute Minka.
„Leihst du mir das wunderschöne
lilfarbene Band von deinem Hut?“
Elimar trug einen großen Hut, um seine Augen vor der Sonne zu schützen. Der Hut war mit einem leuchtenden, lilafarbenen Band verziert. „Wenn du vorsichtig damit umgehst“, iahte der Esel. „Was hast du denn damit vor?“
„Dies und das!“ schnurrte Minka.

Die Tiere wunderten sich über Minkas sonderbares Benehmen.
„Was will sie bloß mit all unseren Sachen?“ gackerte Hertha.
„Vielleicht zieht sie um“, muhte Kleopatra.
„Nein“, grunzte Charlotte.
„Wir schleichen ihr einfach nach“,
schlug Elimar vor.

Also versteckten sich
alle Tiere auf dem Hof.
Als Minka wieder
auftauchte, schlichen
sie ihr nach.

Minka verschwand im Stall,
und die Tiere schlichen auf Zehenspitzen hinterher.

Da entdeckten sie in einer Ecke …

… zwei kleine Kätzchen.

Sie lagen in einem Nest
aus Heu und Stroh.
Es war mit kuscheliger
Schafwolle, weichen
Kuhschwanzhaaren
und plusterigen Hühner-
federn ausgelegt.
Um das Nest hatte Minka
ein wunderschönes,
leuchtendes, lilafarbenes
Band geschlungen.

„Was für eine schöne Überraschung“, wieherte das Pferd.
„Wie süß!“ meckerte die Ziege.
„Dafür brauchtest du also unsere Sachen!“ blökte das Schaf.
Und während er sich tief über das Nest beugte, fragte Elimar:
„Wie heißen sie denn?“
Minka seufzte: „Ich weiß es nicht. Ich kann mich einfach nicht entscheiden. Was meint ihr?“
Die Tiere schauten sich an.

Dann wieherten und grunzten,

blökten und gackerten,

muhten und iahten sie:

„WIR HABEN EINE IDEE…“

DIES
und
DAS!